Vente du Vendredi 6 Juin 1873

HOTEL DROUOT, SALLE N° 6

COLLECTION DE M. DE P.....

OBJETS D'ART

ET DE

CURIOSITÉ

BELLES TAPISSERIES ANCIENNES

EXPOSITION PUBLIQUE

LE JEUDI 5 JUIN 1873

Mᵉ CHARLES OUDART, COMMISSAIRE-PRISEUR

M. EMILE BARRE, EXPERT

CONDITIONS DE LA VENTE

Elle sera faite au comptant.

Les acquéreurs payeront, en sus de leur prix d'adjudication, *cinq centimes par franc*, applicables aux frais.

L'Exposition mettant les Adjudicataires à même de se rendre compte de l'état et de la nature des objets, il ne sera admis aucune réclamation une fois l'adjudication prononcée.

CATALOGUE

D'UNE JOLIE RÉUNION

D'OBJETS D'ART

ET

DE CURIOSITÉ

ÉMAUX DE LIMOGES, IVOIRES, CRISTAUX DE ROCHE, MINIATURES
OBJETS EN ARGENT, BOITES EN OR, FAÏENCES D'URBINO
BEAU VASE DE SÈVRES
BRONZES, PENDULES, FLAMBEAUX, APPLIQUES
PLATS ET VASES EN CUIVRE REPOUSSÉ, OBJETS DIVERS

Belle Suite de neuf Tapisseries

VERDURES AVEC PERSONNAGES

PROVENANT DU CHATEAU DE P....

DONT LA VENTE AUX ENCHÈRES PUBLIQUES AURA LIEU

HOTEL DROUOT, SALLE N° 6

Le Vendredi 6 Juin 1873

PAR LE MINISTÈRE DE M° CHARLES OUDART, COMMISSAIRE-PRISEUR
11, rue Le Peletier

ASSISTÉ DE M. EMILE BARRE, EXPERT
25, Chaussée-d'Antin

EXPOSITION PUBLIQUE

LE JEUDI 5 JUIN 1873, DE 1 HEURE 1/2 A 5 HEURES 1/2

DÉSIGNATION

ÉMAUX DE LIMOGES

1. — Portrait d'homme lauré , par L. Limosin.

2. — Sujet biblique , plaque du XVIe siècle.

3. — La Flagellation, plaque du XIIIe siècle.

4 — Apparition d'un ange, par Jean Limosin.

5 — Plaque de Laudin.

6. — Grande Plaque, style du XVIe siècle , représentant des épisodes de la vie du Christ.

7. — Très-belle Plaque signée Laudin, représentant la Vierge et sainte Anne.

8. — Autre belle Plaque signée Laudin, représentant saint François de Sales.

9. — Baiser de paix du XVIe siècle.

10. — Deux petits Émaux de Genève, portraits de paysans.

11. — Portrait de dame, émail, époque Louis XIV.

12. — Le Berger galant, émail d'après BOUCHER.

13. — La Comparaison, émail d'après BOILLY.

14. — Tasse et Soucoupe en argent doré et émaillé.

IVOIRES

15. — Très-belle Plaque représentant un sujet mythologique, *travail italien*.

16. — Autre grande plaque, sujet mythologique, *travail italien*.

17. — Vidrecome en ivoire sculpté, *sujets de chasse*.

18. — Très-beau Vidrecome, avec *ronde d'amour*.

19. — La Danse, statuette.

20. — Bas-relief, époque Louis XIII, Vierge et enfant Jésus dans un cadre ornementé.

21. — Cadre contenant 27 médaillons en ivoire, époque Louis XIII, représentant des portraits de personnages.

22. — Bacchant, statuette.

23. — Bacchante, statuette.

24. — Coffret repercé à jour.

25. — Statuette d'enfant, époque Louis XIII.

CRISTAL DE ROCHE

26. — Croix, époque Louis XIII, avec monture en bronze
gravé, et Christ en bronze doré.

27. — Deux Flambeaux, époque Louis XIII, avec monture en bronze gravé.

28. — Petit Coffret, avec monture en cuivre gravé.

29. — Grand Coffre gravé et incrusté de cuivre, époque
Louis XIII, orné de pierres dures et de
colonnes en cristal de roche.

FAIENCES ITALIENNES

30. — Très-beau Plat d'Urbino représentant *Orphée*,
daté 1555 et signé d'un monogramme.

31. — Autre Plat d'Urbino, daté 1551, sujet *Narcisse à
la Fontaine*.

32. — Autre Plat d'Urbino ; sujet biblique.

33. — Autre Plat d'Urbino ; portrait de femme.

34. — Autre Plat d'Urbino; avec amour au centre et
trophées sur l'ombilic.

35. — Salière en faïence d'Urbino.

36. — Quatre Assiettes anciennes, faïence de Venise.

37. — Deux Assiettes en faïence de Ginori.

ARGENTERIE

38. — Deux Flambeaux Louis XVI, ornés de guirlandes
de fleurs.

39. — Petit Sucrier, époque Louis XIV.

40. — Socle, époque Louis XIII, en argent repoussé.

41. — Petit Flambeau, époque Louis XIII.

42. — Petite Veilleuse, époque Louis XVI.

43. — Deux Salières, époque Louis XVI.

44. — Bas-relief, époque Louis XIII, Christ en croix.

45. — Kanjiar en argent repoussé et gravé; Jonque japo-
naise en filigrane d'argent.

46. — Petite Voiture en argent repoussé, ornée de
pierres.

47. — Petit Plateau en argent repoussé, orné de pierres;
Pipe en argent repoussé, ornée de pierres.

BRONZES ET CUIVRES

48. — Charmante petite Pendule Louis XVI, en marbre blanc, avec ornements en bronze doré.

49. — Autre Pendule Louis XVI, en bronze finement ciselé.

50. — Très-belle Horloge plate, du xvie siècle.

51. — Deux Flambeaux Louis XV, bronze doré.

52. — Deux Appliques Louis XVI, bronze doré.

53. — Deux petits Flambeaux Louis XIV, bronze doré.

54. — Deux petits Bas-reliefs dans le style de la Renaissance.

55. — *Marquis;* buste.

56. — *Soubrette;* buste.

57. — *Hercule;* statuette, époque Louis XVI.

58. — La *Prise de la Bastille,* médaillon repoussé.

59. — Joueuse d'osselets; statuette.

60. — Nymphe à la coquille; statuette.

61. — Bénitier, époque Louis XIV, bronze doré.

62. — Petite Horloge-Réveil, époque Louis XIII.

63. — Satyre formant encrier.

64. — Belle Plaque repoussée, de la fin du XVIᵉ siècle, encadrée.

65. — Miroir japonais.

66. — Grand Bassin en cuivre repoussé, avec lion héraldique.

67. — Grand Plat en cuivre finement gravé.

68. — Grand Plat en cuivre argenté et repoussé, époque Louis XIII.

69. — Grande Vasque en cuivre argenté et repoussé, époque Louis XIII.

70. — Grande Aiguière et son plateau, époque Louis XIII.

71. — Quatre Vases et leurs plateaux, époque Louis XIII.

72. — Grande quantité de grands et petits Plats, même travail.

MINIATURES

73. — *Jésus et la Samaritaine*, époque Louis XIV, signé Tassis, sur vélin.

74. — *Vierge et enfant Jésus*, époque Louis XIV, sur vélin ; bordure sculptée.

75. — *Portrait de dame*, époque Louis XIII.

76. — *Portrait de Mme de Staël*.

77. — La *Leçon de musique*, par LAWRENCE.

78. — La *Toilette de Vénus*, par CHARLIER.

79 — La *Récompense de l'amour*, par SAUVAGE.

80. — *Bacchante*, époque Louis XVI.

81. — *Portrait d'homme*, signé et daté 1722.

82. — *Portrait de dame* ; pendant du précédent.

83. — *Portrait du duc de Joyeuse* ; miniature à l'huile.

84. — *Portrait de seigneur*, époque Louis XIV.

85. — *Portrait de guerrier*, époque Louis XIV.

86. — La *Leçon interrompue*, époque Louis XVI.

87. — *Portrait de femme*, d'après GREUZE.

88. — *Portrait d'homme*, pastel de GREUZE.

OBJETS DIVERS

89. — Boîte en or, gravée, époque Louis XIV.

90. — Autre Boîte en or, gravée, époque Louis XVI.

91. — Très-beau Bénitier italien, de la fin du xvie siècle, en bronze doré et émaillé, orné de coraux.

92. — Presse-papier avec groupe en corail

93. — Bas-relief en pierres dures de Florence, représentant une corbeille de fleurs.

94. — Douze Camées d'empereurs romains, sur fond de nacre.

95. — Vase en porphyre avec monture en bronze.

96. — Deux Flambeaux en agate, époque Louis XIII.

97. — Petite Statuette en marbre blanc, *Femme drapée*, de la fin du xvie siècle.

98. — Buste en marbre blanc.

99. — *Vénus sortant de l'onde*, bas-relief en bois sculpté.

100. — Vidrecome du xvie siècle, formé par une noix
de coco, avec monture en bronze gravé et
ciselé.

101. — Portrait du duc de Bourgogne, peinture sur
porcelaine de Sèvres, par Mlle Perlet.

102. — Manuscrit sur vélin, du xvie siècle, orné de
miniatures.

103. — Livre en écaille, monté argent.

104. — Boîte en écaille avec miniatures à l'extérieur.

105. — Drapoir en fer, damasquiné d'argent.

106. — Petit Coffret Louis XIII, incrustations de nacre
gravées et cuivrées.

107. — Chope en grès de Flandre, époque Louis XIII,
monture en argent.

108. — Très-beau Vase de Sèvres, époque Louis XVI,
fond bleu avec médaillons de fleurs, monture
en bronze.

109. — Pendule Louis XIV, en marqueterie d'écaille
et cuivre.

TAPISSERIES

110. — Suite de neuf Tapisseries d'Aubusson :

Hauteur 2^m,50.

1° Tireur d'arc à la cible et Sauteur de
corde.

Largeur 1^m,50.

2° Jeune Mère allaitant son enfant.

L. 1^m,25.

3° Pêcheur à la ligne.

L. 1^m,00.

4° Jeune Homme jouant de la musette, accompagné d'un chien.

L. 1^m,00.

5° Berger et son Chien.

L. 0^m,80.

6° Jeune Fille puisant de l'eau à une fontaine monumentale.

L. 1^m,25.

7° Jeune Homme jouant de la cornemuse,
accompagné d'une jeune fille et d'un
chien.

L. 2^m,25.

8° Marchand d'oublis vendant à des petits
vachers ; dans une autre partie de la ta-
pisserie on voit une jeune fille sur une
balançoire mise en mouvement par deux
jeunes gens.

L. 3^m,60.

9° Dessus de porte. — Jeune Homme cau-
sant à un enfant.

H. 1^m,10. L. 1^m,25.

PARIS. — J. CLAYE, IMPRIMEUR, 7, RUE SAINT-BENOIT — [981]

RED. :

21

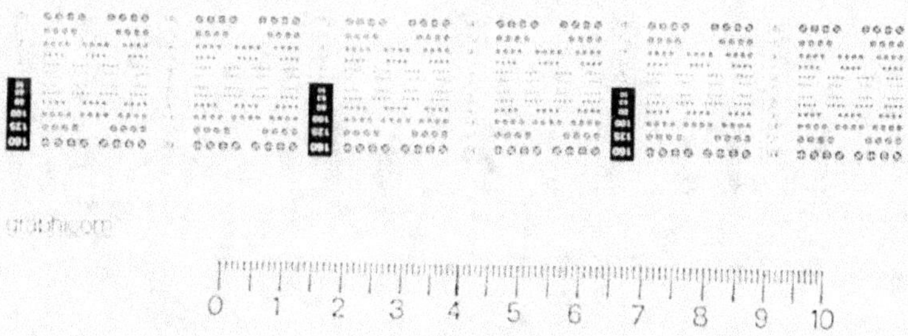

BIBLIOTHEQUE NATIONALE DE FRANCE

****

CHATEAU DE SABLE

1995